AF310855

LE PUBLIC VENGÉ,

OU

LA FEMME AUTEUR,

COMÉDIE,

Répréfentée pour la première fois fur le Théatre de Lyon, le 22 Septembre 1757.

A LYON,

Chez la Veuve d'Antoine Olier, Libraire, rue S. Pierre, près des Terreaux.

____

M. DCC. LVII.

AVEC PERMISSION.

(4)

ACTEURS.

Madame BOTINE . . . . . . *Madame Soule.*

JULIE . . . . *Mademoiselle Antoni.*

VALERE . . . . *Monsieur Dauberval.*

Mr. D'ANIERE . . . . *Monsieur Desforges.*

PASQUIN, *déguisé en Imprimeur sous le nom de*
Mr. DE LA PRESSE . . *Monsieur Soulé.*

CLAUDINE, *Servante de Madame Botine,*
Madame Desforges.

Un Notaire.

La Scene est dans la salle de Madame Botine.

LE
PUBLIC VENGÉ,
OU
LA FEMME AUTEUR,
COMÉDIE.

SCENE PREMIERE.

PASQUIN, *déguisé en Libraire.*

QUEL maudit métier, que celui de servir un jeune Homme amoureux ! Combien de personnages un pauvre Valet n'est il pas obligé de faire ? Je ne suis assurément pas novice dans mon art, & cependant je me donne au Diable si je sçais comment me tirer du rôle que Mr. Valere, mon maître, me fait jouer ici. Moi Pasquin devenir Imprimeur - Libraire, moi qui à peine sçais connoître mes lettres ! ha ! certes, je ne réussirai jamais : cependant il faut choisir ; cent coups de bâton, ou persuader à Mme. Botine que je me charge de l'impression d'un livre qu'aucun bon Im-

A 2

primeur de cette Ville ne voudroit entreprendre. En effet est-il flatteur de passer pour un Imprimeur de pont-neuf ? d'ailleurs peut - on honnêtement prendre sur soi d'exposer aux yeux du Public mille impertinences qui tendent à donner des ridicules à des gens respectables ? Non, je ne sortirai jamais de cette affaire avec honneur. Mais enfin il faut tenter. Voyons si je pourrai parler à notre auteur femelle. *Il fait beaucoup de bruit.*

SCENE II.

CLAUDINE, PASQUIN, *déguisé en Libraire.*

CLAUDINE.

Qui diantre fait donc tant de tapage dans cette salle ?

PASQUIN.

Pardon, ma mie, c'est moi.

CLAUDINE.

Eh bien, quand ce seroit vous ; ne devez-vous pas savoir qu'on ne doit jamais faire un pareil tinta-marre dans une maison où l'on travaille d'esprit comme dans la nôtre ?

PASQUIN.

Excusez : mais. . . . . .

CLAUDINE.

Il n'y a point de mais : Voyez un peu, que dira ma Maîtresse qui étudie, si vous l'avez interrompue ?

PASQUIN.

Votre Maîtresse étudie ?

CLAUDINE.

Eh vraiment oui. Un Monsieur est venu lui apporter ce matin une liste de je ne sais combien d'Auteurs. Elle veut en apprendre par cœur tous les noms, afin de pouvoir juger sur cette connoissance de leurs ouvrages. Si vous voyez comme elle récite tout ça par cœur ! écoutez, à force de l'entendre brailler j'en saurai bientôt presqu'autant qu'elle. Tenez : l'Histoire Romaine par l'Abbé Prévost ; Cleveland par Mr. Rollin ; Bayle par un pro . . . . . prostetant . . . . . . pro . . . testant, quelque chose comme ça ; Ninette par Mr. Pope ; l'Esprit des Loix par Favart ; Descartes, Ariofte, ou Aristote, Cyrus, Homere. . . . .

PASQUIN (*à part.*)

Jarni, que voilà une fille savante ! je ne sais déjà où j'en suis. Comment Diable m'en tirerai-je avec la Maîtresse ?

CLAUDINE.

Et puis je sais tout la Tiologie, l'Ostografie, la Philosophie. . . . .

PASQUIN.

Et la Cuisine ?

CLAUDINE.

Ho ! ça est aisé, la nôtre n'est pas bien copieuse, & je n'ai pas grand' peine . . . mais voyez-vous si je savois lire.

PASQUIN.

Eh bien, si vous saviez lire, que feriez-vous ?

CLAUDINE.

Ce que je ferois ? J'imiterois ma Maîtresse, je ferois des livres. Ah ! je sens que j'aurois un fonds

d'esprit pour ça. Il ne me manque que de la lecture & de la mémoire.

PASQUIN.

Et de l'effronterie.

CLAUDINE.

A l'égard de ça, je trouverois dans notre maison de quoi me former.

PASQUIN.

Fort bien. Mais à propos de livres, allez dire
à Madame qu'un Imprimeur demande à lui parler.

CLAUDINE, *(en le regardant fixément.)*

Un Imprimeur ?

PASQUIN.

Oui, autrement dit, un Libraire.

CLAUDINE, *en tournant autour de lui*
pour le reconnoître.

Un Libraire ?

PASQUIN.

Et oui, oui, vous dis-je, un Imprimeur, un Libraire, en un mot, Mr. de la Presse.

CLAUDINE, *(avec un air moqueur.)*

Ah ! ah ! & depuis quand vendez-vous des livres?

PASQUIN.

Pourquoi me faire cette demande ?

CLAUDINE.

C'est que vous avez l'air d'un Marchand de livres
comme d'un honnête-homme.

PASQUIN.

Que voulez-vous dire ? vous m'insultez ! ah nous
allons......

CLAUDINE.

Pas tant de bruit, mon petit Monsieur, je vous

reconnois à préfent. Je vous ai vu Laquais chez une vieille Comteffe qui avoit une intrigue dont vous étiez l'entremetteur.

PASQUIN.

Moi . . . . ah, peut-on? En vérité vous vous trompez.

CLAUDINE.

Point du tout. Oh ça Mr. Pasquin, si vous ne me dites tout-à-l'heure ce que vous venez faire ici fous un pareil déguifement, je vais crier au voleur.

PASQUIN (à part.)

Voilà un joli début pour mon entreprife.

CLAUDINE.

Que marmottez-vous là ? Je veux tout favoir.

PASQUIN.

Je vois bien qu'il faut fauter le foffé. Mais avant cela, dis-moi, es-tu ce qu'on appelle une bonne Diableffe ?

CLAUDINE.

Je ne fuis que trop bonne, & fans ce trop de bon cœur je ferois encore. . . . . mais enfin il n'y a pas de remede. Parle, explique-toi.

PASQUIN.

Ecoute. Puifque tu me connois, je confeffe que je fuis véritablement Pasquin. Je ne demeure plus avec la vieille Comteffe, je fuis au fervice de Mr. Valere : c'eft un jeune homme de bonne maifon, fort généreux, & qui paye bien ceux qui lui rendent fervice.

CLAUDINE.

A la bonne-heure. Pourfuis.

PASQUIN.

Il eſt amoureux de Julie, la niéce de notre Auteur féminin. Il eſt inſtruit qu'elle eſt promiſe à un vieux hiboux qui a exigé ce prix des ſoins qu'il prend de corriger les fautes d'Oſtografe de la Tante.

CLAUDINE.

Cela eſt vrai, & l'on m'a bien recommandé de prendre garde à toutes ſes démarches.

PASQUIN.

Mon Maître voudroit pourtant parler à Julie, & il a imaginé pour tromper la Tante, de m'envoyer ici, où je dois jouer un ſingulier rôle. Il s'agit de voir ſi tu veux lui être favorable. Tu peux compter qu'il fera ta fortune.

CLAUDINE.

Tu promets, mais qui répondra pour toi ?

PASQUIN.

Ecoute. Je voudrois avoir aſſez d'argent ſur moi pour te faire ſur le champ un gros cadeau ; mais tiens, voilà deux Louis : c'eſt tout ce que j'ai pour le préſent. Je t'en promets vingt dans un moment, & je n'exige de toi autre choſe que de faire ſemblant de ne me pas connoître : cela ne t'engage à rien.

CLAUDINE.

Je le veux bien, mais ſonge à ne pas manquer de parole. Je vais faire venir ma Maîtreſſe.

SCENE

SCENE III.

Madame BOTINE, JULIE, PASQUIN,
sous le nom de Mr. de la Presse.

Madame BOTINE, *à Julie au fond du Théatre.*

Je vous ordonne, Mademoiselle, de ne me pas quitter d'un moment. . . . Monsieur, quelle est la cause seconde qui a dirigé vos pas vers mon existence?

Mr. DE LA PRESSE.

Madame, un Monsieur qui a nom Valere, & qui a l'honneur d'être connu de votre personne pour vous avoir vu dans un cercle de beaux esprits dont vous étiez la fleur, s'est engagé de vous fournir un Imprimeur pour donner au Public un Journal en forme de Lettres mêlé de critique & d'anecdotes. Comme j'ai l'Imprimerie la moins occupée, parceque je ne me charge que de bons livres tels que le vôtre, que je juge excellent sur l'étiquette de votre physionomie, il m'a prié de passer chez vous pour vous demander la préférence. Il doit venir ici dans un moment pour vous instruire de ma capacité.

Madame BOTINE.

Je suis obligée à l'attention de Mr. Valere. Voilà ce que c'est que d'être amateur des Belles-Lettres, on ne peut souffrir que les bons écrits restent dans l'obscurité. Ma niéce, faites compagnie à Monsieur, je vais porter mes pas dans mon joli petit cabinet, pour expofer au rayon vifuel de l'intelligence de Monfieur mes productions. Ce ne font affurément point des pas de Pygmée dans les Sciences, car enfin j'étudie quand l'aurore ouvre les portes du jour, quand le foleil a fourni la moitié de fa carrière, quand il va fe repofer dans le fein de Thetis, & quand la nuit a tendu fon grand voile noir.

SCENE IV.

JULIE, Mr. DE LA PRESSE.

Mr. DE LA PRESSE.

Mademoifelle, les moments font chers, je ne fuis point un Imprimeur, je fuis le Valet de Mr. Valere, qui vous a vu très-fouvent à la compagnie de votre Tante. Comme il fait toute l'averfion que vous avez pour un vieux finge qu'elle veut vous donner, il m'a ordonné de vous remettre une Lettre. Il fe perfuade que la pureté de fes intentions, joint à la gêne où vous êtes vous feront excufer le ftratagême dont il fe fert. C'eft l'unique moyen qu'il a pu imaginer pour avoir la facilité de vous voir, & de vous faire parler, fans donner de l'ombrage à votre furveillante. Tenez, Mademoifelle, lifez.

JULIE (lit.)

„ Suis-je affez heureux, Mademoifelle, pour que
„ vous ayiez bien voulu vous appercevoir de mes
„ affiduités depuis plus de fix mois ? Si mes yeux
„ ont été les interpretes de mon cœur, & que

„ leur langage ne vous ait point déplu, ne vous
„ obſtinez point à me cacher mon bonheur. Par-
„ là je ſerai autoriſé à mettre tout en uſage pour
„ l'emporter ſur celui qui en devenant votre époux
„ feroit le malheur de ma vie. . . . . . Paſquin,
votre Maître eſt preſſant, mais il eſt aimable. Je
lui ferai réponſe.

Mr. DE LA PRESSE.

Oſerai-je vous demander, Mademoiſelle, pourquoi votre Tante s'obſtine ſi fort à vous donner à
ce vieux Rocantin ? Car on aſſure que quoique
Mr. Valere ſoit jeune, riche & de bonne famille,
il ne ſera jamais préféré. Je vous avoue que cette
manie me paroit très-ſingulière.

JULIE.

Elle l'eſt effectivement beaucoup. Mais écoute,
tu ne devinerois jamais quels ſont les droits de Mr.
d'Aniere ſur moi.

Mr. DE LA PRESSE.

Eh bien, quels ſont-ils ?

JULIE.

Il a corrigé les fautes d'Orthographe du ma-
nuſcrit de ma Tante, & il lui a promis de la faire
recevoir dans une Académie de Province. Depuis
cette promeſſe elle eſt ſi enthouſiaſmée qu'elle ne
dort ni jour ni nuit ; elle vient de faire achetter
une rame de papier pour écrire une lettre circu-
laire qui donnera avis à toute la terre qu'elle eſt
Membre d'Académie.

Mr. DE LA PRESSE.

Quelle ſottiſe ! mais j'en inſtruirai tout à l'heure
mon Maître, afin qu'il prenne là-deſſus ſes meſures.

S C E N E   V.

Madame BOTINE, Mr. D'ANIERE, JULIE, Mr. DE LA PRESSE.

Madame BOTINE. *son manuscrit à la main.*
Voila l'Imprimeur qui va se charger de mon enfant.

Mr. D'ANIERE.
Monsieur, voici un livre qui doit faire votre fortune, & vous devez mettre tous vos soins à en donner une édition en beau papier ; sur-tout que toutes les pages soient encadrées, & que le frontispice soit orné d'une vignette. Cela fait beaucoup, Madame, ça annonce un ouvrage. Quelle seroit votre idée là dessus, Monsieur ?

Mr. DE LA PRESSE. *(à part.)*
Une vignette ! un frontispice ! Je ne sais plus ou j'en suis.

Mr. D'ANIERE.
Que dites-vous ? Mettrons-nous un trophée de Beaux Arts ? représenterons - nous Madame sur le cheval Pegase ? Qu'en pensez-vous ?

Mr. DE LA PRESSE.
Je rêve, Monsieur, pour trouver une image bien parante. Comme j'en ai chez moi, je vais vous apporter des moules, vous choisirez.

Mme. BOTINE.
Cela sera à merveille ; aussi bien si Monsieur veut repasser dans quelques moments, j'ai quel-

ques petites obſervations à faire avec Mr. d'A-
niere ; après quoi je lui remettrai le précieux dé-
pôt de mes réflexions morales, phyſiques, criti-
ques, hiſtoriques & métaphyſiques.

Mr. DE LA PRESSE. bas à Julie.

Je vais inſtruire mon Maître de tout ce qui ſe
paſſe ici.

SCENE VI.

Madame BOTINE, JULIE,
Mr. D'ANIERE.

Mme. BOTINE.

Avant d'expoſer au grand jour de l'impreſſion
les efforts de mon imaginative, je veux vous con-
ſulter en dernier reſſort. . . . . Claudine, des
ſieges.

SCENE VII.

Mme. BOTINE, JULIE, Mr. D'ANIERE,
CLAUDINE.

CLAUDINE.

Elle apporte un fauteuil, une chaiſe & un tabouret.
Tenez, voilà pour vous aſſeoir.

Mme. BOTINE.

Pourquoi donc apporter un tabouret ?

CLAUDINE.

Toutes les chaifes de votre joli petit cabinet &
le votre falle mignone font chez le Rempailleur.

Mme. BOTINE.

La belle idée ! me laiffer fans fieges ! fortez.

SCENE VIII.

Mme. BOTINE, JULIE, Mr. D'ANIERE.

Mme. BOTINE.

Seyons - nous. (*à Mr. d'Aniere.*) Placez - vous
dans ce fauteuil. C'eft à vous à juger. Prenez
cette chaife , Julie. Moi, me voici fur la fellette.
Premiérement, j'écris à une amie fept Lettres ;
que je rends publiques par le feul motif d'être
utile à mon prochain. Dépouillée de tout amour
propre , je puis dire que mon ouvrage eft auffi
inftructif qu'amufant. J'y traite de tout , en forte
que je puis affurer , fans me flatter , qu'une per-
fonne qui voudroit l'apprendre par cœur feroit en-
état de décider comme moi-même de toutes chofes ; car enfin j'y paffe en revûe tous les grands
hommes. Par exemple , dans ma première Lettre
vous y voyez le nom de Bayle & d'Ovide ; vous
y remarquez trois êtres moraux ; j'y traite de
fophifme , d'anciens & de modernes. Vous êtes
enchanté de voir qu'en nommant l'hiftoire des
dogmes & des opinions des anciens Grecs fur le
débrouillement du cahos , je ne veux point ana-

lyfer une analyfe, de peur de trop quinteffencier.

Mr. D'A N I E R E.

Voilà qui eft divin, miraculeux !

Mme. B O T I N E.

Quoi ! Monfieur, vous trouvez cela fi bon ? Eh bien en vérité, je l'ai tiré mot à mot de ma premiére Lettre.

Mr. D'A N I E R E.

Non, jamais on n'a dit tant de bonnes & belles chofes d'une maniére fi ingénieufe ; je fuis ravi, enthoufiafmé. (*Il va fe jetter aux genoux de Julie.*) Ah ! Mademoifelle, fouffrez que je vous embraffe.

J U L I E.

Vous vous trompez, Monfieur, ce n'eft pas moi qui ai compofé toutes ces belles chofes, c'eft ma Tante ; il faut l'embraffer, je ne me pardonnerois pas de lui ravir un fi précieux hommage.

Mr. d'Aniére fe retourne du côté de Mme. Botine, qu'il embraffe. Dans ce moment Valere entre.

S C E N E   I X.

Mme. BOTINE, JULIE, Mr. D'ANIERE,
V A L E R E.

V A L E R E. (*au fond du Théatre & à part.*)

Voilà un joli coup d'œil. (*Il avance.*) Madame, j'ai eu l'honneur de vous adreffer un fort habile Imprimeur ; je viens m'informer fi vous en êtes contente. Il m'a dit que vous aviez paru l'être ; mais je fuis bien aife de m'en éclaircir par moi-même.

Mme. BOTINE.

J'en fuis très-fatisfaite, & rien ne prouve plus, Monfieur, votre bon goût & l'eftime que vous faites de moi, que les foins dont vous vous êtes chargé à ce fujet.

VALERE.

J'ai prétendu rendre fervice au Public ; & tous les lecteurs me dédommageront avantageufement des peines que j'aurois pu prendre à cet égard, fi on pouvoit en trouver lorfqu'on vous oblige. Mais il me femble que vous étiez fort occupés, & je ferois fâché de vous interrompre.

Mme. BOTINE.

Vous n'êtes pas de trop ici, Monfieur ; nous parlions de mes ouvrages, que je foumettois au jugement & à la fcientifique capacité de Mr. d'Aniere.

VALERE.

Le choix du Cenfeur fait l'éloge du difcernement de l'Auteur.

Mr. D'ANIERE.

Ah ! Monfieur, point du tout. Je... Mais enfin je puis au premier coup d'œil.... Et d'ailleurs il fuffit que Madame....

VALERE.

Sans doute. On peut & on doit même en pareil cas opiner du bonnet.

Mme. BOTINE.

Si j'étois fufceptible de vanité, mon petit amour

propre

propre feroit, bien flatté. Meffieurs, vos compli-
mens font des ruiffeaux qui doivent remonter à
leur fource.

Mr. D'ANIERE.

Souffrez, Madame, que je vous quitte pour
un moment. Adieu, adorable Julie ; fongez quel-
quefois que fi je fais connoître le prix d'un bon
ouvrage, je ne fais pas moins aprécier les charmes
de votre beauté, puifque je les juge dignes de leur
adreffer mes hommages.

SCENE X.

Mme. BOTINE, JULIE, VALERE.

VALERE.

Comment donc, Mademoifelle, Mr. d'Aniere
vous laiffe entrevoir des fentimens bien tendres.
Y feroit-il autorifé ?

JULIE.

Oui, du moins du côté de ma Tante, il en a
la permiffion.

Mme. BOTINE.

Et du vôtre auffi ; je voudrois bien voir que
vous fiffiez quelque difficulté. (*à Valere.*) Imagi-
nez-vous que j'ai les plus effentielles obligations
à ce favant homme. Premiérement il a corrigé
toutes les petites lacunes de mon Ouvrage qui,
j'ofe dire, eft devenu parfait par fes foins. De
plus j'attens inceffamment un brevet d'Academie

C

qu'il me fait expédier en bonne forme, fcellé &
contre-fcellé. Jugez fi je puis trop reconnoître ...

V A L E R E.

Mais fi Mademoifelle avoit une telle répu-
gnance ?

Mme. B O T I N E.

Ah Ciel ! que dites-vous là ? Comment une
brave fille ne pas aimer un homme qui va faire
infcrire le nom de Botine dans les faftes publics,
& dans les monumens les plus glorieux. Tenez,
je fuis là deffus immuable, & je me porterois
plutôt aux dernières extrèmités que de ...

V A L E R E.

Je ne prétens pas vous en détourner. Dans une
belle ame comme la vôtre, la reconnoiffance
eft le premier devoir. Il auroit pourtant été à
fouhaiter que vous vous fuffiez acquittée à vos
propres dépens : mais enfin la chofe n'étant pas
poffible je ne vous dis plus rien. (*à Julie à part.*)
Je faurai bien lui faire changer de fyftême, fi
vous approuvez mes feux : mais voici Pafquin.

S C E N E   X I.

Mme. B O T I N E, J U L I E, V A L E R E,
Mr. DE LA PRESSE.

Mr. DE LA PRESSE.

Voici, Madame, un modéle de vignette,
voyez s'il vous convient.

VALERE.

Monsieur de la Presse m'a consulté là dessus il y a un moment. J'étois d'avis qu'on vous représentât assise dans le sacré Vallon, sur un trône tout rayonnant de gloire, environnée des neuf Sœurs occupées à chanter vos talens & à les graver dans le livre de l'immortalité, tandis qu'Apollon déposeroit sa couronne à vos pieds.

Mme. BOTINE.

Cela me paroit un tant soit peu trop fort, il ne faut jamais faire sentir qu'on connoit tout ce que l'on vaut. Il y a tant de gens qui trouvent à redire aux choses les plus justes que j'aime mieux une gravure un peu plus modeste.

Mr. DE LA PRESSE.

Je suis de votre avis, en voici donc une que j'ai jugée convenable. Elle sera placée au-dessus de votre premiére Lettre. Tenez, Madame, vous voilà dans votre joli petit cabinet, assise devant une table, vis-à-vis votre toilette. Vous y paroissez décoletée parcequ'il est à présumer que votre petit fripon d'époux à dérangé votre fichu, sans respect pour la forme géométrique que vous lui aviez si méthodiquement donnée. Vous êtes nonchalamment apuyée sur votre main droite, vous tenez de la gauche un manuscrit, & vous regardez avec un air de protection un Génie qui descent à genoux sur un nuage. Il vient vous présenter une plume & vous prier de transmettre vos lumiéres à la postérité.

Mme. BOTINE.

Vous avez raison, tenez, voilà mon manuscrit

faites-en usage au plutôt.

Mr. de la Presse sort.

VALERE.

Souffrez que je retienne le premier exemplaire.

SCENE XII.

Mme. BOTINE, JULIE, Mr. D'ANIERE.

Mr. D'ANIERE *portant une boëte.*

Pour le coup, Madame, mes soins ont un plein succès, & je viens de recevoir cette boëte qui m'est envoyée par l'Academie où je m'étois adressé pour vous y incorporer.

JULIE.

Voyons un peu l'adresse. (*elle lit tout haut.*) A très-docte, très-intelligent & très-sublime génie Monsieur d'Aniere, pour remettre à très-sçavante, très-ingénieuse & très-illustrissime l'aimable Sapho du siécle Madame Botine. (*à part.*) Voilà des épitetes qui me paroissent suspectes.

Mme. BOTINE.

En vérité on ne peut rien de plus obligeant. Ah ! mon cher Monsieur, que ne pouvez-vous lire dans mon cœur, vous y verriez un fonds de reconnoissance inépuisable/ Ah ça ! il faut proceder à l'ouverture de cette boëte.. Claudine, Claudine.

SCENE XIII.

Mme. BOTINE, JULIE, Mr. D'ANIERE, CLAUDINE.

CLAUDINE.
Qu'y a-t-il, Madame ?
Mme. BOTINE.
Allez prier Valere de se rendre ici sur le champ. Cherchez-le par-tout s'il n'est pas chez lui ; & amenez à votre retour un Notaire.

SCENE XIV.

Mme. BOTINE, JULIE, Mr. D'ANIERE.

JULIE.
Un Notaire, ma Tante ?
Mme. BOTINE.
Oui, après toutes les obligations que j'ai à Monsieur, il ne seroit pas honnête de le faire soupirer plus longtems. C'est à vous, ma niéce, à m'acquitter envers lui de tout ce que je dois.
JULIE.
Mais, ma Tante, je ne suis point du tout disposée au mariage, & d'ailleurs la disproportion d'âge ...

Mme. BOTINE.

Il n'y a point de milieu, ou vous ferez Madame d'Anière, ou Religieufe. Si vous aviez un peu de cœur vous feriez trop flatée de devenir la femme d'un riche Bourgeois, à qui un Corps d'Academie rend un hommage auffi diftingué que celui dont nous venons de faire lecture. En un mot je le veux.

Mr. D'ANIERE.

Savez - vous bien, Mademoifelle, qu'en m'époufant je puis vous faire compofer quelqu'ouvrage qui méritera le même honneur que celui qui eft décerné à Madame.

JULIE.

Eh ! Monfieur, je ne me marie point pour faire des livres. Je ne prétens point devenir le plaftron des plaifanteries de toute une Ville. Vraiment il ne manqueroit plus que cet avantage à l'honneur de votre couche.

SCENE XV.

Mme. BOTINE, JULIE, Mr. D'ANIERE, VALERE, CLAUDINE, LE NOTAIRE.

VALERE.

Je me rends, Madame, à vos ordres.

Mme. BOTINE.

Voila, Monfieur, une boëte qui m'eft adreffée.

comme je fais tout l'intérêt que vous prenez à ce qui me regarde, j'ai voulu en faire l'ouverture devant vous. Lifez l'adreffe.

(Tandis qu'il lit Julie fait femblant de lire avec lui & lui dit tout bas.)

J U L I E *bas.*

Trouvez quelque moyen de me fouftraire aux perfécutions de ma Tante. Elle fait venir ce Notaire pour dreffer mon Contrat de mariage avec ce mauffade que vous voyez. De grace mon cher Valere, ne le fouffrez pas.

V A L E R E *bas.*

Je mourrai avant qu'il devienne votre époux.
(haut à Madame Botine.)
Voila une adreffe bien flateufe, mais je ne comprens pas pourquoi l'Académie vous envoie une boëte.

Mr. D'ANIERE.

C'eft furement un préfent que l'on joint au Bievet de reception. C'eft une marque d'eftime particulière.

Mme. BOTINE.

C'eft à vous que je dois ce témoignage, Monfieur, allons voyons ce que c'eft, après quoi Mr. dreffera les articles du Contrat de mariage. Mr. le Notaire je vous prie de brifer les fçeaux de l'Académie. Les chofes feront plus en règle.

Le Notaire ouvre la boëte & tire un bonnet avec de longues oreilles d'âne. Il le présente à Madame Botine qui se trouve mal. Monsieur d'Aniere paroît stupéfait. Valere & Julie rient sous cape.

CLAUDINE

Voila une Académie bien galante, c'est aparemment une coëfure à la nouvelle mode.

Tandis que les Acteurs font tableau à l'ouverture de la boëte Mr. de la Presse arrive

SCENE XVI.

Madame BOTINE, JULIE, VALERE, Mr. D'ANIERE, Mr. DE LA PRESSE, CLAUDINE, LE NOTAIRE.

Mr. DE LA PRESSE.

Ah! ah! voila un fort joli bonnet, à qui fait-on ce cadeau?

VALERE.

C'est Monsieur d'Aniere qui l'a procuré à Madame, de la part de l'Académie où il vouloit l'incorporer.

Mr. DE LA PRESSE.

Vraiment ce Monsieur là en fait des belles.

Mme. BOTINE.

Je ne sais où j'en suis (*à Mr. d'Aniere.*) retirez-vous, Monsieur, vous mériteriez. . . . . .

PASQUIN (*le retient.*)

Non, non, demeurez, s'il vous plait, aussi bien

j'ai

j'ai autre chose à apprendre à la compagnie. Rapellez, Madame, toutes les forces de votre ame, aidez-les du secours de votre philosophie, pour soutenir le coup le plus terrible qui se puisse imaginer.

Mme. BOTINE.

Ah, Monsieur, après celui-ci il n'y en a plus à redouter, & rien ne peut me faire impression.

Mr. DE LA PRESSE.

Vous aviez remis il y a quelque tems entre les mains de Mr. d'Anieres votre manuscrit, n'est-il pas vrai ?

Mme. BOTINE.

Helas ! oui.

Mr. DE LA PRESSE.

Ce Monsieur d'Anieres que voila a été assez imbécile, excusez le terme, Monsieur, pour le prêter à deux ou trois personnes qui en ont tiré copie, une d'elles a répondu à vos lettres de la manière la plus cruelle. Je viens de voir chez un Imprimeur cet ouvrage qui va paroître incessamment.

Mme. BOTINE.

Quoi Monsieur ?

Mr. D'ANIERE.

Moi, Madame, il est vrai, mais je cherchois à répándre votre renommée dans toute la Ville. Je croyois votre livre digne des plus grands éloges.

Mr. DE LA PRESSE.

Si vous saviez Madame, comme on vous traite, car je l'ai parcouru. On suppose que c'est Madame de St. Céle - Rien votre amie qui vous

répond ; & sous ce prétexte on vous plaisante mé-
chamment. On a soin de faire retomber sur vous
le ridicule dont vous vouliez couvrir dans votre
seconde lettre des Dames respectables à tous
égards. On prétend que vous mériteriez une pe-
tite correction pour avoir osé insulter vos conci-
toyens dans votre quatriéme, par une apostille
aussi impertinente que fade. On ne laisse point
échaper ce que vous avez dit dans votre septié-
me que vous avez été au bal où vous avez trouvé
des femmes polies seulement pendant cet espéce
de spectacle. Selon l'Auteur toutes vos Dames
sont très-polies, elles ont, dit - il, leurs raisons
pour ne pas l'être seulement avec vous. Il prétend que vous en imposez qnand vous dites qu'on
a continué à vous faire mille caresses après avoir
été reconnue. Il assure qu'à la levée de votre
masque tous les hommages ont disparu.

C L A U D I N E.

Quelle pilule ! cet homme est dur, il ne fait
point adoucir les traits de son pinceau.

Mme. B O T I N E *à Mr. d'Aniere.*

Retirez-vous & ne paroissez jamais à mes yeux.

Mr. d'Aniere va pour sortir, alors Mr. de la Presse
arrache des mains du Notaire le bonnet d'âne, il
en coeffe Mr. d'Aniere qui l'ôte & qui le met sur
la tête de Mme. Botine qui le jette sur le champ
par - terre.

Mr. D E L A P R E S S E. (*à part.*)

C'est dommage qu'elle ne le garde pas sur sa

tête , il va on ne peut pas mieux à l'air de son visage.

VALERE.

Je prens, Madame, beaucoup de part à cette triste avanture , & je vous offre tout ce qui dépendra de moi pour arrêter l'impreſſion des réponſes.

Mme. BOTINE.

Ah , Monſieur, à ce prix je vous donne Julie ſi elle y conſent.

JULIE.

Oui, ma Tante, de tout mon cœur, il faut bien vous être bonne à quelque choſe.

Mr. DE LA PRESSE.

Il faut enfin fondre la cloche. Souffrez , Madame , puiſque je vais devenir le domeſtique de Mademoiſelle , que je vous déclare que je ſuis Paſquin laquais de Mr. Valere.

VALERE.

Ne vous fâchez point , Madame, j'ai uſé de ce ſtratagême pour avoir entrée chez vous , & obtenir l'aimable Julie. Votre livre n'en ſera pas moins imprimé. Au ſurplus ſoyez convaincue que je vais faire tous mes efforts pour vous mettre à l'abri des ſuites qui pourroient réſulter de l'indignation publique. Je vous offre ma maiſon de campagne où on ne vous deterrera ſûrement pas.

Mme. BOTINE.

Enfin je vois bien que je ſuis deſtinée à devenir la fable de la Ville. Il faut prendre mon parti. Dans l'état où je ſuis j'ai trop beſoin de votre protection pour me retracter. Allons ſtipuler le contrat

CLAUDINE.

Le maudit mêtier que celui de faire des livres !

F I N.

Permis d'imprimer & diſtribuer, à Lyon ce 9 Septembre 1757.

PERRICHON.